Erich Schmitt

Karl Gabels Weltraum- abenteuer

Die Reise zu den Proximanen

Eulenspiegel

ISBN 978-3-359-02309-8

© editionplus Verlags GmbH
© für diese Ausgabe:
  2011, Eulenspiegel Verlag, Berlin

Umschlaggestaltung: Verlag unter Verwendung
eines Motivs von Erich Schmitt
Druck und Bindung: CPI Moravia Books GmbH

Ein Verlagsverzeichnis schicken wir Ihnen gern:
Eulenspiegel · Das Neue Berlin Verlagsgesellschaft mbH & Co. KG
Neue Grünstr. 18, 10179 Berlin
Tel. 01805/30 99 99
(0,14 €/Min., Mobil max. 0,42 €/Min.)

Die Bücher des Eulenspiegel Verlages erscheinen
in der Eulenspiegel Verlagsgruppe.

www.eulenspiegel-verlag.de

Eine kurze Vorstellung

Im Jahre 1993 umkreist eine bemannte Raumstation die Erde. Von ihr aus starteten schon mehrere Raketen zur Erforschung des Sonnensystems. Auch das erste Raumschiff mit Atomantrieb wurde hier oben zusammengebaut und erwartet seine Mannschaft zum Start zur fernen Sonne Proxima Centauri.

Prof. Boris G. Popow, der Moskauer Konstrukteur dieses Atomraumschiffes „Albert Einstein", beaufsichtigte den Zusammenbau. Er ist der Kommandant und Expeditionsleiter.

Juri S. Stepanowitsch, der Pilot, stammt aus Irkutsk, flog bisher eine Pendelrakete zur Mondstation und hat heute die Aufgabe, die deutschen Besatzungsmitglieder zu holen.

Ing. Karl Gabel aus Berlin war maßgeblich an der Konstruktion der Raumanzüge beteiligt und machte dabei mehrere Erfindungen. Er wurde als Bordmechaniker eingesetzt.

Hein Klüverbaum, in Wismar geboren und Funker. Obwohl Studentenweltmeister der Boxer im Mittelgewicht, verbog er sich seine Nase als Kind beim Rollerrennen. Ißt gern Eisbein.

Dr. med. Alfred Sauerkohl aus Leipzig ist Spezialist der Raummedizin. Wurde weltbekannt durch die nach ihm benannte Sauerkohlspritze. Als Bordarzt mit Kochkenntnissen verpflichtet.

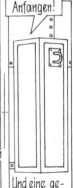

Anfangen!

Und eine geheimnisvolle Kiste.

Sekt und Sterne

Der Himmelsfahrstuhl

Start zur Station

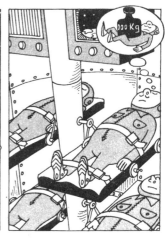

Tücke der Schwerelosigkeit

Ausgehanzug mit Käseglocke

Nun folgen Sie mir langsam in die Raketenspitze zum Empfang Ihres Ausgehanzuges.

Reich mir die Hand, mein Leben. ♫ Komm in mein Schloß mit mir! ♫

Hier eine Mittelgröße mit Bauchweite.

Brauchen Sie vielleicht einen Schuhanzieher?

Nun noch die Käseglocke. Jetzt helfen Sie mir bitte die anderen anzuziehen, damit wir endlich aussteigen können.

Minuten später öffnet sich die Schleusenklappe der RAK 34 unter der Raumstation

Große Sprünge

Der Fehltritt

Wer andern in den Hintern tritt, den reißt das Schicksal manchmal mit. (K. Gabel)

Haltloser Pilot

Eine (Raketen-) Schlittenpartie

14

Schleusenwärter

15

Die geheimnisvolle Kiste

Der sechste Mann

Einzug der Gladiatoren

Nun, was riechen wir, Kollege?

Gar nichts!

Entschuldigen Sie, ich muß ihm wieder einmal die Nase putzen!

Damit ist Ihre Mannschaft komplett, lieber Professor. Morgen können Sie auf Ihr Raumschiff übersetzen.

An diesem Seil hängen noch zwei Mann. Mit einer Raketenpistole setzen sie zum Raumschiff „Albert Einstein" über.

Tscha, ich habe mir den Blechkollegen gleich geländegängig gebaut.

Grenzen der Technik

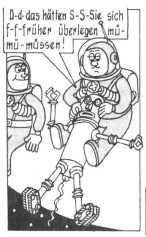

Unfreiwilliger Start

Robert der Spätzünder

21

Horch was kommt von draußen rein?

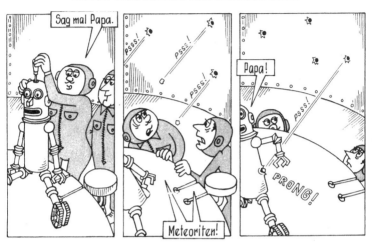

Die Patentlösung

Am Ziel

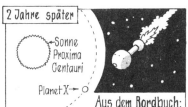

Planet »X«

25

Landung

Erstes Luftholen

Entdeckungsfahrt mit Hindernissen

Der verlorene Sohn

Bei den Bibermenschen

Der vertauschte Gabel

Bratfisch à la Robert

Rückzug zu zweit

Prometheus

34

Cowboy Gabel

Stallbursche der Zentauren

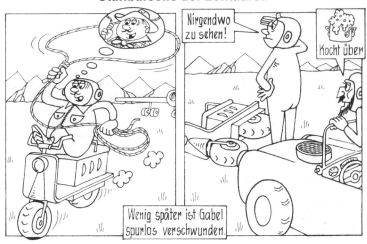

Vom Regen in die Traufe

Sklave der Sonnenanbeter

Der große Tempel

Der Sohn des Sonnengottes

40

Ein Gott wird entthront

Die Falle

Robert, der Retter

Taxiprobleme

44

Das Labyrinth

Das ist paradox. Das brave Tier, das aus mir 'ne hübsche Giftleiche machen wollte, hat mir dadurch das Leben gerettet.

Schwarze Schlangenseele

Da ist ja der Attentäter. Los, Doktor, mir nach!

Der Oberpriester in Gabels Kombination

Das ist ein Labyrinth. Da brauche ich unbedingt Ihre Socken!

Gabel kennt die griechischen Sagen auswendig und erinnert sich daher sofort an den „roten Faden der Ariadne".

Gehen Sie, Doktor, holen Sie Verstärkung. Dann folgen Sie diesem Sockenfaden.

Am Bronzering befestigtes Fadenende

Wenn mich mein feines Gefühl nicht täuscht, hat sich jemand an diesem Strick heruntergelassen!

Es täuscht aber

Da schon die zweite Socke aufgeräufelt wird, vermutet der Leser sehr richtig, daß Karl Gabel bereits ca. 2 km im Labyrinth herumgeirrt ist.

Die rettende Dederonsocke

Während unser Freund an dem Seil in den Schacht klettert, erscheint sein Widersacher, um ihm den Rückweg abzuschneiden.

He, was machen Sie da?

Schu-wupp! = Guten Rutsch!

Blitzschnell läßt Gabel das Seil los und klammert sich an den Faden.

Im Schein der heruntergefallenen Taschenlampe sieht er ein grausiges Ungeheuer, das

Reste armer Opfer

nach der schaukelnden Dederonsocke schnappt, woran es wenige Minuten später erstickt.

Bis Ihr so kommt, habe ich sämtliche Landplagen ausgerottet!

Das ist natürlich übertrieben, denn es war Dr. Sauerkohls Socke, an der das Ungeheuer erstickte.

Nachdem sich Gabel an dem Sockenfaden heraufgearbeitet hat, setzen sie die Verfolgung gemeinsam fort.

46

Erfindung Nr. 11324

Nützliches Erdbeben

Zu anderen Ufern

Die Amazonen

Ohne Brille

Zurück zu Dr. Sauerkohl, der zwar seine Brille verlor und daher den hinter ihm sitzenden Oberpriester für den Professor hielt. Trotzdem sieht er auf weite Entfernungen ausgezeichnet und erkennt die Insassen des treibenden Schlauchbootes.

Sie leben alle! Aber wer sitzt hinter mir?

Rakaki, der Gedankenleser, ist natürlich sofort im Bilde.

Ich muß versuchen, hier irgendwo zu landen.

Das nenne ich sauber aufgekommen.

Ich auch!

Den Ausweis, bittä!

Daran erkennt man einen deutschen Roboter.

Jetzt ha-habe ich eine elek-lek-trische Gehirnersch-sch-schütterung.

Jagd auf große Männer

Seit Generationen haben die Amazonen ihre männlichen Nachkommen durch giftige Drogen, welche sie aus Pflanzen gewinnen, am Wachstum gehindert. Große Männer sind daher eine begehrenswerte Seltenheit.

Aufstand der Männer

Wir halten unsere Männer klein, damit wir, Frau im Hause' bleiben, und Klia, Ruba und ihre Schwestern fangen sich große Männer. Das ist Verrat !!!

Irrtum! Das ist ein gesundes Bedürfnis.

Die Königin will euch und eure großen Männer töten lassen. Wegen Gefährdung der bestehenden Ordnung!

Ordnung is jut.

Die Amazonen sprechen einen Dialekt des Proximanischen, welches Gabel gebrochen spricht. Er verständigt sich beinahe wie ein sächselnder Eskimo in Mecklenburg.

Rufe alle Männer zum Generalstreik auf und folgt mir in die Berge!

Also, wenn du mir meine Klamotten wiedergibst, dann wollen wir das Kriegsbeil begraben. Wir Männer müssen jetzt zusammenhalten.

Endlich erwischt Gabel den Oberpriester Rakaki

Generalstreik! Bis unsere Forderungen erfüllt werden! I. Schluß mit der Verniedlichung der Männer. II. Gerechte Verteilung der Hausarbeit. III. Völlige Gleichberechtigung. i. A. Karl Gabel

Verpflichtender Name

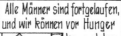

Sklave des Kochtopfes

Ein Koch verdirbt den Brei

Währenddessen wiegelt Rakaki die Zwerge auf, um sich an Gabel zu rächen.

Eure Anführer, wo sind die? Hä?

Die haben sich in Sicherheit gebracht. Und ihr werdet dafür bezahlen müssen. Brecht den Streik ab. Ich werde euer Vermittler bei den Frauen sein!

Dr. Sauerkohl hat auf seiner fünfjährigen Reise sehr viel geschlafen, so daß er an chronischer Schlaflosigkeit leidet. Mit der Zeit mußte er zu immer stärkeren Schlafmitteln greifen. – – –

Ein Röhrchen dieser Tabletten reichte aus, die an Schlafmittel nicht gewöhnten Amazonen in einen wahren Dornröschenschlaf zu schicken.

Hallo! - Doktor!

Rettungskommando

Ich kann nicht weg. Ich werde hier etwas festgehalten.

Macht den Schweißbrenner und den Wagen fertig. Der Doktor kann sich nicht von seinem Kochtopf trennen.

Schneller! Die Zwerge sind verrückt geworden. Rakaki vorneweg!

Was hast du mit unseren lieben (!) Frauen gemacht?

Hier, der Schweißbrenner!

Keine Zeit! Rückwärtsgang rein und ab dafür!

Der rasende Kochtopf

Das blitzschnelle Manöver hat die Zwerge völlig überrumpelt. Sie glaubten, den Doktor für immer an der Kette zu haben.

Halt! Die beiden Damen müssen unbedingt mit, sonst war alle Mühe umsonst.

Junge, Junge, so viel Fett hat der Topp schon lange nicht mehr gesehen!

Also, die Herstellung des Giftes, mit denen diese Amazonen ihre männlichen Nachkommen klein hielten, ist ein Geheimnis, das stets von der Königin auf die älteste Tochter übergeht. Wir brauchen nur die beiden hier fortzuschaffen, und die nächste Männergeneration kann mit denselben körperlichen Vorteilen wie die Frauen aufwarten, um die Gleichberechtigung zu erkämpfen.

Ausbruchsversuch

Verbannung der Giftmischerinnen

Stepanowitsch funkt SOS

Die Mannschaft sucht mit ihrer Rakete eine unbewohnte Insel, um mit Atomkraft die Anziehungskraft des Planeten zu überwinden und zum Raumschiff zurückzukehren.

Die Rakete wurde zerlegt und die genormten Teile zu einer kleineren Atomrakete wieder zusammengebaut. Alles Überflüssige bleibt zurück.

Halte die Luft an, Gabel, wer nicht reinpaßt, bleibt unten!

Funkspruch an Stepanowitsch: Wir kommen!

Nach der Heimat zieht's mich wieder!

Ich habe doch ausdrücklich befohlen, alles Überflüssige bleibt auf dem Planeten!

Der außerplanmäßige Blinddarm

Rückstart

Alles, was Robert mit seinen Fernsehaugen gesehen hat, wurde auf hauchdünnen Stahldraht aufgezeichnet und kann beliebig oft abgespielt werden.

Die Rückreise verlief weit unterhaltsamer als die Hinfahrt. Stepanowitsch nahm durch Robert an den Abenteuern seiner Kameraden teil. Wissenschaftliche Ergebnisse mußten ausgewertet werden. Gabel schrieb seinen Roman: „Die Reise zu den Proximanen"

Großer Bahnhof